26 mars 1895

P

COLLECTION DE M. L. P...

TABLEAUX MODERNES

Objets d'Art

ET

D'AMEUBLEMENT

ÉPOQUES ET STYLES DES XVIe ET XVIIIe SIÈCLES

CURIOSITÉS DE L'EXTRÊME-ORIENT

TABLEAUX MODERNES

OBJETS D'ART ET D'AMEUBLEMENT

ÉPOQUES ET STYLES DES XVIe ET XVIIIe SIÈCLES

CURIOSITÉS DE L'EXTRÊME-ORIENT

Le présent Catalogue se distribue à :

Paris . . . . Chez Mᵉ G. Boulland, commissaire-priseur, *26, rue des Petits-Champs.*

Chez Mᵉ Paul Chevallier, commissaire-priseur, *10, rue de la Grange-Batelière.*

Chez M. S. Bing, expert, *19, rue Chauchat.*

Chez M. Arthur Bloche, expert près la Cour d'appel, *28, rue de Châteaudun.*

Bruxelles . . Chez MM. Henri Le Roy et fils, *85, Montagne-de-la-Cour.*

Londres . . . Chez MM. Hollander et Cremetti, *47, New Bond Street.*

Goupil Gallery, Boussod-Valadon et Cⁱᵉ, *5, Regent Street.*

Chez M. Davis, *147, New Bond Street.*

Berlin . . . . Chez M. Gustave Lewy, *57-58, Wilhelmstrasse.*

New-York . Chez MM. Knoedler et Cⁱᵉ, *170, Fifth Avenue.*

Chez MM. W. Schaus, *204, Fifth Avenue.*

Philadelphie. Chez MM. Ch. Haseltine, *1116 et 1118, Chestnut Street.*

Paris. — Imp. Georges Petit, 12, rue Godot-de-Mauroy. — [illegible]

CATALOGUE

DE

TABLEAUX MODERNES

PASTELS, DESSINS, AQUARELLES

OBJETS D'ART

ET

D'AMEUBLEMENT

ÉPOQUES ET STYLES DES XVIe ET XVIIIe SIÈCLES

VASES IMPORTANTS EN GRANIT ROSE ORIENTAL

Marbres, Bronzes, Porcelaines de Chine montées et non montées

PRÉCIEUX OBJETS DE VITRINE DE L'EXTRÊME-ORIENT

LAQUES, CÉRAMIQUE, GARNITURES DE SABRES, IVOIRES, JADES

Beau Meuble à Éventails, Style Louis XIV

GRAND PARAVENT EN BOIS SCULPTÉ ET DORÉ, VITRINE, STALLES, PORTES RENAISSANCE

TRÈS BELLE TAPISSERIE DE BRUXELLES

Scène de Chasse, Époque Louis XIV

PROVENANT

Des Collections de M. L. P... et de MM. D...

ET DONT LA VENTE AURA LIEU

HOTEL DROUOT, SALLES N°s 9, 10 ET 11

Les Mardi 26, Mercredi 27 et Jeudi 28 Mars 1895

A DEUX HEURES UN QUART

Par le Ministère de

Me G. BOULLAND	**Me P. CHEVALLIER**
Commissaire-Priseur	*Commissaire-Priseur*
26, RUE DES PETITS-CHAMPS	10, RUE DE LA GRANGE-BATELIÈRE

Assistés

Pour les Curiosités de l'Extrême-Orient :	Pour les Tableaux et Objets d'Art :
DE **M. S. BING**	DE **M. A. BLOCHE**
Expert	*Expert près la Cour d'Appel*
19, RUE CHAUCHAT	28, RUE DE CHATEAUDUN

EXPOSITIONS

PARTICULIÈRE : le Dimanche 24 Mars 1895, de 1 heure et demie à 5 heures et demie

PUBLIQUE : le Lundi 25 Mars 1895, de 1 heure à 5 heures

***NOTA** : Entrée particulière par la rue Grange-Batelière*

ORDRE DES VACATIONS

Mardi 26 Mars

CURIOSITÉS DE L'EXTRÊME-ORIENT

Mercredi 27 Mars

SUITE DES CURIOSITÉS DE L'EXTRÊME-ORIENT

PORCELAINES DE CHINE MONTÉES ET NON MONTÉES

Jeudi 28 Mars

TABLEAUX — DESSINS — AQUARELLES — OBJETS D'ART

MEUBLES — TAPISSERIE

CONDITIONS DE LA VENTE

Elle sera faite au comptant.

Les Acquéreurs paieront **cinq pour cent** en sus des adjudications.

L'Exposition mettant le public à même de se rendre compte de l'état et de la nature des objets, il ne sera admis aucune réclamation, une fois l'adjudication prononcée.

Désignation

TABLEAUX

BERNE-BELLECOUR

E.)

1 — *Champigny. Souvenir de 1871.*

Le matin de la bataille. Au premier plan les mobiles et la ligne sortent des casemates et gagnent le bastion. Sur une grand'route, bien en avant, des mobiles sont échelonnés en tirailleurs; au loin les batteries prussiennes.

Grand effet de plein air et de perspective.

Signé à droite.

Toile. Haut., 115 cent.; larg., 90 cent.

COMTE

(P.-C.)

2 — *Après boire.*

Deux personnages en costume Louis XIII : l'un se réveille en s'étirant les bras et bâillant encore, l'autre est assis et assoupi, dans une salle remplie d'armures éparses, d'étendards et d'objets de toutes sortes.

Signé à droite.

Toile. Haut., 92 cent.; larg., 75 cent.

COURBET

(G.)

3 — *Branches de pêcher en fleurs.*

Signé à gauche.

Toile. Haut., 46 cent.; larg., 60 cent.

COUTURE

(T.)

4 — *Damoclès enchaîné.*

Première pensée de son grand tableau.

Signé à droite du monograme : *T. C.* et daté : *1861.*

Bois. Haut., 32 cent.; larg., 24 cent.

DELPY

(H.-C.)

5 — *Les Lavandières.*

Paysage près d'Éponne : effet de matin.

Signé à droite.

Bois. Haut., 29 cent.; larg., 50 cent.

DELPY

(H.-C.)

6 — *Bords de rivière.*

Avec batelier à droite et une lavandière sur l'autre rive. Pendant du précédent.

Signé à droite.

Bois. Haut., 29 cent.; larg., 50 cent.

DESGOFFE

(BLAISE)

7 — *Précieuse Collection d'objets d'art.*

Sur une table rappelant celle de Marie-Antoinette, sont groupés avec un goût parfait : un gobelet en cristal de roche, vermeil et pierreries, posé sur un coffret en émail de Limoges; des coupes en agate, des aiguières, des vidrecomes, un pendentif, tous objets des plus remarquables de la Renaissance et ressortant là avec une vérité de nuances qui s'harmonisent avec des étoffes et des guipures anciennes chiffonnées tout autour.

Très beau tableau.

Signé à droite.

Toile. Haut., 80 cent.; larg., 64 cent.

DIAZ

(NARCISSE)

8 — *Jeune Almée au bain.*

Assise, ses blonds cheveux tombant sur ses épaules nues, elle cherche à se défendre des caresses que veut lui prodiguer le pacha épris de sa beauté. Derrière elle se tient une vieille femme servante du sérail.

Signé à droite.

Bois. Haut., 27 cent.; larg., 14 cent.

DIAZ

(NARCISSE)

9 — *La Sultane et la petite Princesse.*

Toutes deux sont assises l'une près de l'autre, les cheveux et les corsages parés de joyaux, une suivante derrière elles les contemple.

Signé à gauche.

Bois. Haut., 50 cent.; larg., 22 cent.

DORÉ

(GUSTAVE)

10 — *La Sorcière (Macbeth).*

Composition de nombreux personnages sous les murs d'un château, dansant autour d'un feu attisé par des sorcières.

Provient de la vente après décès du maître.

Aquarelle et pastel. Haut., 78 cent.; larg., 55 cent.

DUBUFE

11 — *Nymphe couchée.*

Important tableau.
Signé.

Toile.

DUEZ

11 *bis* — *Au Bord de la Mer.*

Jeune femme assise, ayant son enfant près d'elle.

Signé.

Toile. Haut., 35 cent.; larg., 50 cent.

HÉBERT

(ÉMILE)

12 — *La Madonna delle Grazie, à la Cervara.*

Signé à droite.

Toile. Haut., 30 cent.; larg., 40 cent.

ISABEY

(E.)

13 — *Les Amateurs de perroquets.*

Au pied de l'escalier d'un palais, deux grandes dames s'amusent à donner des friandises à des perruches et à des perroquets. Des petits chiens jappent après un perroquet blanc mis en furie. Une femme, s'abritant sous un parasol rose, s'en égaie; un gentilhomme et une autre grande dame descendent l'escalier et observent cette scène des plus agitées et des plus amusantes.

Provient de la vente après décès du maître.

Toile. Haut., 123 cent.; larg., 87 cent.

JONGKIND

14 — *Sardieu près la côte Saint-André. (Isère).*

Signé à gauche.

Bois. Haut., 17 cent.; larg., 22 cent.

LATENAY

(GASTON DE)

15 — *Marine.*

Temps calme.

Signé à droite.

Toile. Haut., 42 cent.; larg., 60 cent.

LELOIR

(LOUIS)

16 — *Joie maternelle.*

Une jeune mère, en costume Médicis, assise devant son rouet, semble bien heureuse en observant sa petite fille jouant à ses côtés avec un petit chien.

Grisaille relevée de blanc.

Signé à droite.

Toile. Haut., 63 cent.; larg., 48 cent.

MARCHETTI

17 — *Gentilhomme du temps Henri III, chassant à travers bois.*

Signé à droite.

Toile. Haut., 59 cent.; larg., 36 cent.

VAN MARCKE

18 — *Paysage boisé arrosé par un étang.*

Signé à gauche.

Bois. Haut., 28 cent; larg., 38 cent.

NEUVILLE
(ALPHONSE DE)

19 — *Chasseur de Vincennes.*

Représenté de trois quarts, à mi-corps, sac au dos.

Provient de la vente de l'artiste.

Signé à droite.

Toile. Haut., 33 cent.; larg., 40 cent.

PERRET

(AIMÉ)

20 — *Le Faucheur.*

C'est l'heure du crépuscule, enveloppant déjà l'horizon. La ferme et une meule de blé se détachent assez clairement dans une tonalité douce et poétique ; le paysan ressort bien dans cette atmosphère et dans cet effet du jour à son déclin.

RAFFAËLLI

(J.-F.)

21 — *Un Faubourg de Paris.*

Animé de nombreuses figures et de voitures.

Signé à gauche.

Haut., 35 cent.; larg., 30 cent.

RAFFAËLLI

(J.-F.)

22 — *Le Prolétaire.*

Signé à droite.

Haut., 36 cent.; larg., 24 cent.

ROYBET

(F.)

23 — *La Partie de boules.*

Une compagnie de soldats, des contrebandiers ou coureurs de grandes routes, sont réunis dans la cour intérieure d'une hôtellerie, les uns jouant aux boules, les autres suivant la partie, assis sous un hangar tapissé de vignes vierges; un trompette, debout, excite les joueurs; une servante paraît au seuil d'une porte et les observe. A droite, trois personnages sont attablés et jouent aux cartes; d'autres, debout, les regardent. Des coqs et des poules becquettent autour des joueurs. Composition des plus intéressantes.

Signé à droite.

Bois. Haut., 43 cent.; larg., 52 cent.

STEVENS

(ALFRED)

24 — *Marine, coucher de soleil.*

Au premier plan, une barque que la marée montante va mettre à flot. Au large, des trois-mâts, vapeurs et voiliers.

Signé à gauche et daté : *1893.*

Toile. Haut., 80 cent.; larg., 63 cent.

VAUTHIER

25 — *La Fête des Loges.*

Composition de nombreux personnages.

Signé à droite.

Toile. Haut., 75 cent.; larg., 64 cent.

VERNIER

(E.)

26 — *Marine.*

Signé.

Toile. Haut., 90 cent.; larg., 135 cent.

WORMS

27 — *Jeune Garçon s'amusant à attraper des Mouches.*

Aquarelle.

Signé à droite.

Haut., 33 cent.; larg., 20 cent.

ZIEM

28 — *Environs de Venise.*

Le Grand Canal hors la ville, sillonné d'embarcations de toutes formes, de trois-mâts et nombreux bateaux à l'ancre.

Signé à gauche.

Toile. Haut., 33 cent.; larg., 45 cent.

OBJETS D'ART

ET

D'AMEUBLEMENT

TAPISSERIE

29 — Très remarquable tapisserie du temps de Louis XIV, représentant une chasse à courre avec personnages en costume XVIe siècle. Composition de onze personnages, seigneurs à cheval, amazones, piqueurs et meutes de chiens forçant le cerf aux abois dans un cours d'eau qui traverse le paysage des plus accidentés. La bordure représente des guirlandes de fleurs et de fruits, au milieu desquelles se détachent des paons, des lièvres et des chiens. Porte le monogramme de la ville de Bruxelles. Remarquable par sa facture et son état de conservation.

Long., 5 m. 40 ; haut., 3 m. 75

MEUBLES

30 — Grand et beau meuble en bois rose et palissandre, partie centrale en ressaut formant armoire et les côtés à tiroirs superposés, pour enfermer une collection d'éventails, surmonté d'un cartel, cadran signé : *Leroy*, à Paris, le tout garni de bronzes ciselés et dorés, modèle à rocailles fleuries. Style Louis XIV.

Haut., 2 m. 25 ; larg., 2 m. 40.

31 — Très jolie console en bois finement sculpté et doré, dessin à coquilles et enroulements fleuris, dessus en marbre rouge.

Haut., 80 cent.; larg., 80 cent.

32 — Très beau paravent triptique en bois sculpté et doré, offrant dans le bas des médaillons à gerbes de fleurs sur coquilles, encadrements à ornements, avec fleurettes sur les moulures plates, profil dessin à trèfles quatre feuilles sur fond à chaînettes, le haut garni de glaces biseautées et à fronton dessin à coquilles fleuronnées et motifs d'ornements très délicats. Époque Louis XIV.

Haut., 2 m.; larg., 2 m. 42

33 — Petit meuble à hauteur d'appui, élevé sur pieds à contours, ouvrant à deux portes avec tiroir au-dessus, en bois finement sculpté et doré, décor à cartels et rocailles fleuronnés, montants à thyrses fleuris. Dessus en marbre rouge veiné. Époque Louis XV.

Haut., 95 cent.; larg., 1 m. 33.

34 — Douze très belles chaises en bois de noyer, pieds à croisillons, dossiers et dessus couverts en ancien velours rouge richement brodé d'argent, motifs à enroulements, jetés de grenades et gerbes fleuries, encadrement en même broderie à thyrses enguirlandés, bordés de galons et de franges assortis et avec gros clous, rosaces ajourées, XVIIe siècle.

Haut., 1 m. 12 ; larg., 50 cent.

35 — Jardinière en noyer sculpté, flanquée de griffons ailés à chaque extrémité, avec écusson et enroulements feuillagés sur le devant. Style Renaissance.

Long., 1 m. 80 ; haut., 58 cent.

36 — Coffre en bois sculpté, offrant sur la façade des arabesques fleuries et feuillagées, un bandeau à godrons, XVIe siècle.

Long., 1 m. 65, haut., 62 cent.

37 — Vitrine à quatre faces en noyer sculpté offrant en bas-relief d'élégants motifs décoratifs, XVIe siècle.

Haut., 66 cent. ; larg., 62 cent

38-39 — Deux grandes portes en bois sculpté, dessin à vases et jardinières fleuries, arabesques, têtes de femmes, feuillages, oiseaux et autres animaux fantastiques, XVIe siècle.

Haut., 3 m. 75 ; larg., 87 cent.

40 — Stalle monumentale en bois sculpté à cariatides d'enfants sur gaines enguirlandées, médaillon orné de rosaces, pieds à griffes de lion. XVIe siècle.

Haut., 2 m. 60 ; larg., 1 m. 05.

41 — Autre stalle en bois sculpté, ornée de colonnettes cannelées et à chapiteaux, frontons à petits chapiteaux, accotoirs formés par des lions assis. XVIe siècle.

Haut., 2 m. 90 ; larg., 1 m. 10.

SCULPTURES

42 — Deux très beaux vases en granit rose oriental, culots à côtes tournantes. Anses formées par des têtes de satyres attachées à des serpents en bronze ciselé et doré. Sur socles en velours de lin rouge.

Haut. des vases, 1 m. 15 ; haut. totale, 2 m. 27.

43 — Beau buste de gentilhomme en armure, avec armoiries sur la cuirasse, et drapé dans son manteau. Marbre du XVIIIe siècle, attribué à *Lemoine*.

Haut., 65 cent.

44 — Paire de très jolis vases en terre cuite, forme dite Médicis, représentant au pourtour, en bas-relief, des scènes de jeux d'enfants. Le culot est orné de guirlandes de feuillages et le pied d'un tore de laurier. Œuvres des plus intéressantes du XVIIIe siècle, attribuées à Clodion.

Haut., 28 cent.

45 — Deux statues d'enfants assis et tenant des médaillons à bustes d'hommes en marbre blanc. Pièces monumentales.

Haut., 85 cent.; larg., 78 cent.

46 — Statuette en marbre, *l'Esclave*, de Falbricca. Signé et daté : *1863*.

Haut., 1 m. 15.

47 — Buste grandeur nature, personnage du XVIe siècle, en marbre blanc sur socle en marbre rouge; très belle œuvre et en bel état.

Haut., 80 cent.

48 — Médaillon ovale, offrant en bas-relief le portrait de Louis XVI de profil; au revers on lit : *par J. B. L. M., 1746*. Encadré.

Haut., 55 cent.

49 — Deux blasons en bois sculpté et doré représentant des alliances d'armoiries du roi de France et du Dauphin. Surmontés de la couronne royale. Époque Louis XIV.

Haut., 1 m.; larg., 80 cent.

BRONZES

50 — Grand et beau cartel en bronze doré, modèle à rocailles et guirlandes de raisin, couronné par des amours dans les nuages, sous le rayonnement du soleil. Cadran signé : *Charles Baltazar, à Paris*. Époque Louis XV.

Haut., 80 cent.

51 — Groupe en bronze, patine rouge, représentant un fleuve, époque Louis XIV, sur socle en bronze doré de même style.

Haut., 40 cent.; larg., 53 cent.

52-53 — Deux groupes en bronze, patine foncée, style Louis XIV, représentants des Enlèvements, sur socles en bronze doré.

Haut., 60 cent.

54 — Mortier en bronze à patine cuivre bruni, décoré de deux frises en bas-relief, offrant des écussons accostés de sirènes, et des arabesques d'ornements et de feuillages. On lit en haut, au pourtour, l'inscription : *ALBERTVS. CRANS. DE. NOVIMAGIO. PHARMO. COPPOLA.ME.FIERI.FECIT.AN.SAL.1533.*

Diam., 40 cent.; haut., 35 cent.

ANCIENNES PORCELAINES DE CHINE

55 — Vieux Chine. Deux grandes vasques décor à paysages montagneux animés de personnages et d'animaux, arrosés par des fleuves sillonnés de bateaux. Intérieur décor à poissons, bordure à petites grecques.

Diam., 60 cent.; haut., 35 cent.

56 — Vieux Chine. Deux vases de la famille verte, décor représentant des audiences de hauts dignataires à nombreux personnages, parties rehaussées d'or, le col à carrelages, médaillons et petits lambrequins, le bas fond jaune à dessins verts.

Haut., 37 cent.

57 — Vieux Chine. Plat rond de la famille verte, représentant des scènes de combat à nombreux cavaliers.

Diam., 55 cent.

58 — Vieux Chine. Deux plats ronds de la famille des Indes, à riches décors scènes familières, bordure à médaillons oiseaux, papillons et fleurs, fond à entrelacs fleuris rehaussés d'or.

Diam., 37 cent.

59 — Vieux Chine. Deux potiches ovoïdes, décor à chimères, oiseaux de paradis et paysages fleuris en bleu sur blanc.

Haut., 49 cent.

60 — Vieux Chine. Deux vases de la famille verte, riche décor à nombreux personnages, parties rehaussées d'or, monture en bronze doré style Louis XVI.

Haut., 40 cent.

61 — Vieux Chine. Deux bouteilles fond bleu fouetté avec médaillons offrant des objets d'ameublement en bleu sur fond blanc, bouchons à figurines d'enfants en argent.

Haut., 30 cent.

62 — Vieux Chine. Gourde de forme aplatie, décor à médaillons de fleurs, encadrement à arabesques en bleu sur blanc, avec double socle en bois sculpté.

Haut. de la gourde, 24 cent.; haut. totale, 35 cent.

63 — Vieux Chine. Deux chopes, décor à fleurs et ornements en bleu sur blanc, montures en bronze doré XVIIIe siècle.

Haut., 27 cent.

64 — Vieux Chine. Plat rond à fond bleu fouetté avec cartels à chimères, oiseaux et objets décoratifs en émaux de la famille verte, réservés sur fond blanc.

Diam., 40 cent.

65 — Vieux Chine. Jardinière forme cul-de-poule, décor paysage avec figures, bordures à arabesques et ornements.

Diam., 32 cent.; haut., 22 cent.

66 — Vieux Chine. Jardinière forme cul-de-poule, décor à arabesques de fleurs en émaux de toutes nuances.

Diam., 35 cent.; haut., 35 cent.

67 — Vieux Chine. Deux vases à quatre faces de la famille rose, fond bleu à fleurs et entrelacs, offrant des cartels à personnages et objets d'ameublement. Sur socles évidés et ajourés.

Haut., 35 cent.

68 — Vieux Chine. Plat rond de la famille verte, offrant au centre sept médaillons à chimères et jardinières fleuries, réservés sur fond vert pointillé à papillons et fleurs en émaux de couleur, bords à carrelages avec médaillons en forme de lambrequins.

Diam., 37 cent.

69 — Vieux Chine. Compotier de la famille verte, décor représentant des personnages au bord d'un fleuve.

Diam., 35 cent.

70 — Vieux Chine. Deux plats ronds de la famille rose, représentant des personnages assistant à des scènes hippiques, bordures à mosaïques clatrées à fond rose, dessin en émaux de couleurs, parties rehaussées d'or.

Diam., 38 cent.

GRÈS — FAIENCES

71 — Flandre XVIe siècle. Cruchon offrant au pourtour et en bas-relief sous des arceaux fleuris des figures de personnages de l'époque, représentant des allégories à la Justice, à la Paix, à la Vertu.

72 — Plat rond en terre émaillé, représentant le Sacrifice d'Abraham, marli à festons fleuris, bords à étoiles, décor en rouge et vert avec inscription en haut : *ANNO 1712 DEN 20 AVGVSTVS.*

Diam., 67 cent.

73 — Plat rond en terre émaillée, représentant la Vierge et l'Enfant Jésus, décor rouge, vert et violet, avec inscription, et datée de 1717.

Diam., 53 cent.

74 — Plat rond en terre émaillée, représentant la Sainte Famille, marli à compartiments, dessin truité, bords à trèfles, et daté de 1724.

Diam., 56 cent.

CURIOSITÉS
DE L'EXTRÊME-ORIENT

CÉRAMIQUE

Porcelaine de Hizen

75 — Koro cylindrique tripode, portant un semis irrégulier de fleurs de cerisier en bleu serti d'or, sur fond blanc. Couvercle de bronze découpé en forme de chrysanthème. *Nabéshima.*

76 — Petite Chimère, fond blanc rehaussé d'or et de points d'émail vert d'eau. *Arita.* Socle bois.

77 — Koro cylindrique, décoré, sur fond blanc, d'un réticulé rouge et or, avec réserve de trois médaillons de rinceaux vert et or. Couvercle d'argent découpé en nid d'abeilles. *Arita.*

78 — Koro sphéroïde, décoré en bleu de touffes de fleurs sur fond gris blanc, émail craquelé. Couvercle d'argent découpé en vannerie. *École de Goroshitshi.*

Porcelaine de Hizen.

79 — Petite Suspension sphérique, formée d'un réticulé à jour, avec trois médaillons pleins, décorés de paysage en bleu. Cordelière et glands en soie rouge. Hirado.

80 — Petit Koro sphéroïde, décoré en bleu sur blanc de plantes fleuries. Couvercle de porcelaine blanche vermiculée à jour. Hirado.

81 — Koro cylindrique tripode, décoré en bleu sur fond ivoirin craquelé, de deux personnages sous un arbre. Couvercle d'argent découpé en nid d'abeilles. *Ecole de Goroshitshi.*

82 — Koro cylindrique, en céladon, avec couvercle de même matière, ajouré comme une vannerie.

Porcelaine d'Imado.

83 — Koro représentant une tortue recroquevillée dans sa carapace.

Porcelaine de Koutani.

84 — Netsuké en forme d'enfant couché. Socle bois.

Grès de Bizen

85 — Koro, forme d'un chat accroupi. La tête est mobile.

86 — Koro sphéroïde tripode en Bizen vert, deux anses en têtes de dragons. Couvercle surmonté d'une chimère.

87 — Koro en Bizen blanc (variété très rare). Le corps de l'objet, reposant sur un piédouche ajouré et gravé, est de forme sphérique et découpé à jour de branches de pivoines fleuries. Couvercle à chimère.

Poterie de Kiôto

88 — Suite de dix-sept petits Personnages, par *Ninsei*, représentant une réunion de danseurs de Nô. Deux d'entre eux exécutent la danse, tandis que trois autres jouent de la flûte où du tambour et que le reste se tient accroupi en des poses attentives ; les vêtements sont richement recouverts d'or et d'émaux de couleurs.

89 — Bol, par *Ninsei*, de forme campanulée. Sur un fond noir sont représentés les seize Rakans, en émaux polychromes d'une grande richesse.

90 — Boite a gateaux cylindre, à trois compartiments superposés, en poterie d'*Awata*. Riche décor d'émaux, bleu, vert et rouge sur fond fauve craquelé.

Poterie de Satsuma

91 — Petit écran. Il est décoré, sur une face, de deux enfants qui jouent avec un pantin et un jeune chien ; sur l'autre face, une chimère bondit dans un paysage.

Poterie de Satsuma.

92 — Théière piriforme, décorée de deux bandes de rinceaux et de chrysanthèmes.

93 — Petit Vase quadrangulaire avec piédouche et petit goulot à fond vert. Le corps est orné de pendentifs sur fond ivoirin.

94 — Petit Porte-Serviette hexagonal, de forme incurvée, pour cérémonie du thé. Trois des pans sont ornés d'un semis sur fond vert et les trois autres portent un caractère d'or sur le fond ivoirin.

95 — Kogo en forme de losange lobé. Au pourtour, deux bandes de motifs d'ornement en or et réserves sur fond rouge ; sur le couvercle, une grue et des nuages d'or sur fond rouge.

96 — Toute petite Coupe à pied, avec des médaillons d'émaux alternativement vert et bleu sur rouge serti d'or ; socle bois.

97 — Statuette d'enfant accroupi, tenant dans ses bras un jeune chien. La robe de l'enfant est gracieusement décorée de feuillages en émaux verts sertis d'or. Socle bois.

98 — Koro sphéroïde tripode, en satsuma sans décor. Couvercle de même matière ajouré comme une vannerie. Socle bois.

Poterie de Karatsu

99 — Kogo à panse étranglée, fabrication dite *Tshosen Karatsu* (fait à Karatsu avec de la terre importée de Corée). Émail gris blanc, craquelé et piqueté des petits trous, caractéristiques de cette fabrication.

Couvercle d'argent oxydé, avec un ajour en forme d'armoirie.

Poterie d'Owari.

100 — Kogo formé d'une tortue qui en porte sur son dos quatre autres plus petites. Émail fauve. Socle bois.

101 — Kogo représentant le dieu Hotei qui traîne un enfant assis sur son sac. Socle en bois. Signature : *Massaki*.

102 — Kogo cylindrique, recouvert d'émail brun clair truité, avec des taches flammées blanc et verdâtre. Couvercle d'argent oxydé, ajouré à son sommet d'un chrysanthème.

103 — Tsuya-mé sphéroïde surbaissé et fortement côtelé. Entre les côtes, un léger décor gravé de palmes et de cercles transparait sous l'émail gris verdâtre.

104 — Okimono représentant Hotei confortablement installé sur son sac, que traine un enfant. Les chairs sont de biscuit brun, les vêtements d'émail verdâtre et le sac est recouvert d'émail gris blanc. Socle bois.

Poterie de Yédo.

105 — NETSUKÉ formé d'un sanglier couché. Patine brune où s'enlèvent en émaux vifs quelques feuillages sur lesquels l'animal est couché. Socle bois. Par *Teiji*.

106 — NETSUKÉ formé d'une tortue enfoncée dans sa carapace. En dessous, dans un petit cartouche d'or, la signature *Teiji*.

107 — CRABE. Émail gris-vert.

108 — POT COUVERT en terre brune, par *Koren*. Forme de corbeille imitant une vannerie, avec une réserve où se voit en bas-relief un pêcheur qui tire une tortue de l'eau.

ARMES
ET ACCESSOIRES D'ARMES

109 — PETIT SABRE à fourreau de bois naturel d'une belle patine brune, avec deux lézards en shibuitshi délicatement ciselé. La poignée est en galuchat recouvert de fils de bronze entrelacés.

La lame est gravée, sur une face, d'un génie qui tient le glaive, et, sur l'autre face, de deux courtes rainures avec un caractère archaïque.

Toutes les pièces de la garniture sont en shakoudo incrusté d'or. La garde représente les sept sages dans la forêt de bambous. Sur le manche du kodzuka sont incrustés des crabes en reliefs d'or.

110 — Petit Sabre à fourreau laqué d'ondes de couleur. Toute l'ornementation se compose de jouets d'enfants. La lame, courte comme celle d'un poignard, est gravée sur une face d'une imitation de serpent en paille tressée; sur l'autre face, une bille mobile glisse dans une rainure profondément creusée dans l'acier. Le manchon, incrusté de divers métaux, imite une image représentant une tête d'acteur.

Les accessoires portent des poupées dont la tête remue, un moulinet qui tourne, des hochets formés d'une figure qui tire la langue et remue les yeux, d'un chat habillé et articulé, d'un tigre à tête mobile, d'une souris qui rentre dans son trou poursuivie par un chat, etc., etc.

111-112 — Deux douzaines de Couteaux à lame de vermeil, dont les manches proviennent de Kodzuka, en divers métaux gravés et incrustés. Écrin.

113 — Vingt-deux Couteaux à lames d'acier, avec les manches comme dans le lot précédent. Écrin.

GARDES DE SABRE

114 — Garde en fer, ornée d'un vol d'oies qui passent devant le disque de la lune. Les oiseaux sont ciselés en relief, avec frottis d'or, et la lune est en argent incrusté.

Au revers, une tige de roseau indique le marais où les oies vont s'abattre.

115 — Garde en shibuitshi et sentokou. Le décor est de roseaux et de nuages en shibuitshi qui se découpent sur le fond, traité en sentokou.

Quatre ajours en forme de cœur sont symétriquement percés dans le métal.

116 — Garde en shibuitshi ciselé et incrusté d'or. Auprès d'une cascade, un tigre s'enfuit devant un philosophe.

117 — Garde en fer. Sur une balle de riz ciselée en relief dans le fer, une souris d'or est montée ; une autre, en argent, est par terre, tout auprès. Au revers, trois caractères en relief.

118 — Garde en fer, incrustée en relief d'or d'un dragon dont les replis apparaissent sur les deux faces au milieu de nuages.

119 — Garde en shibuitshi sur une face, et sur l'autre en shakoudo. Décor en gravure représentant d'un côté deux insectes parmi les herbes, et la lune à demi masquée derrière un nuage, de l'autre côté un cerisier fleuri.

120 — Garde en shakoudo sur une face et en sentokou sur l'autre. La première est incrustée d'un Hotei endormi derrière son sac, tenant à la main un écran réservé dans le métal, et d'un rat d'or devant le sac. La seconde face est ornée d'un écran repercé comme le premier.

121 — Garde en shakoudo cerclé d'or et gravé sur les deux faces d'un décor représentant le sable ridé d'une plage, avec de nombreux coquillages en incrustations de divers métaux.

122 — Garde en sentokou formée de trois grues habilement contournées pour former l'ovale de la garde.

123 — Garde en shakoudo, ciselé et incrusté. Le sujet est un cavalier qui combat de sa lance un tigre, près d'une cascade. Au revers, un paysage, avec l'eau d'un ruisseau.

124 — Garde rectangulaire en sentokou d'une belle patine. Deux grues, incrustées en argent, sont dans l'eau d'un ruisseau, près d'un lotus en shakoudo. Le cours du ruisseau se continue, gravé, au revers.

125 — Garde rectangulaire en shakoudo d'un côté et en shibuitshi de l'autre. Sur la première face, un paysage, avec des cerisiers dont les fleurs sont en riches incrustations d'argent en saillie et les feuilles en or; plus loin, on aperçoit des flots et des voiles de bateaux, et au fond un relief fuyant de montagnes à demi masquées par des nuages d'or. De l'autre côté, deux oiseaux nagent sur l'eau, où s'égrènent les pétales des cerisiers.

126 — GARDE quadrilobée en sentokou martelé. Sur les deux faces, une belle incrustation de shakoudo et de bronze représente un plant de chrysanthème fleuri.

127 — GARDE en shibuitshi, représentant sur une face, ciselée en relief, un tigre près d'une cascade, et sur l'autre face le dragon dans les nuages, qui semble prêt à attaquer le tigre.

128 — GARDE rectangulaire, en sentokou incrusté de divers métaux. Une bande de pies est posée près d'un ruisseau, tandis qu'en l'air passe le hototoguisu.

129 — GARDE en bronze rouge martelé, gravé et ciselé dans un beau style. Le sennin Gama portant son crapaud.

130 — GARDE en shakoudo d'une belle patine noir-bleu. Deux hirondelles et des branches de cerisier dont les fleurs sont incrustées en argent et les feuilles en or.

131 — DEUX GARDES en fer ciselé : l'une décorée d'une bande d'oiseaux volant au-dessus d'un bois de pins, près de la mer ; l'autre présente diverses plantes dans des cartouches de formes variées.

132 — DEUX GARDES en shibuitshi : l'une, rectangulaire, est incrustée de plantes au bord de l'eau ; l'autre représente un paysan qui retient un oiseau prisonnier au moyen d'une corde.

133 — Deux Gardes en bronze rouge, ciselé et incrusté. Oiseaux volant au-dessus des nuages. Diable enfermé dans un sac, et montrant par une ouverture sa tête furieuse.

134 — Deux Gardes en shibuitshi : l'une représente, d'un côté, des oiseaux sur l'eau et de l'autre un four en plein vent qui fume ; l'autre est incrustée de pivoines fleuries, au-dessus desquelles volètent des papillons que semble guetter un petit chien.

135 — Deux Gardes : l'une est en shibuitshi gravé en relief d'un philosophe assis ; l'autre est en fer d'un côté, avec un décor ciselé d'arbres, derrière lesquels on aperçoit la lune, tandis que, sur l'autre face, qui est en shibuitshi, le reflet de l'astre apparaît déformé par les rides de l'eau.

136 — Deux Gardes rectangulaires en shibuitshi : l'une est décorée d'un cerisier fleuri, dont les fleurs sont en relief d'argent ciselé, avec des oiseaux incrustés en shakoudo ; l'autre représente, d'un côté, un motif analogue, sous la pluie battante, et au revers des oies qui viennent au vol vers une nappe d'eau où se reflète la lune.

137 — Deux Gardes en sentokou : l'une est formée d'un amas de coquillages ; l'autre de quatre éventails symétriquement disposés, et décorés de divers sujets de paysage.

138 — DEUX GARDES rectangulaires en shibuitshi. L'une représente un diable qui s'enfuit terrifié sous la grêle; des brindilles jonchent le sol. Une inscription est incrustée en or sur les deux faces. L'autre représente un pont où passe un personnage qu'un serviteur abrite sous un parasol.

139 — DEUX GARDES en fer ciselé et incrusté. Des chevaux dans un paysage. Yebissu pêchant à la ligne.

140 — DEUX GARDES rectangulaires en shibuitshi. Sur l'une est gravé un seigneur qui maltraite un pauvre homme. L'autre montre sur une face une malle posée à terre et, sur l'autre face, les crêtes d'un château-fort à demi perdu dans les nuages, au loin d'un premier plan de mer.

141 — DEUX GARDES en shakoudo. L'une est ornée du dieu de la Longévité avec sa grue familière, près d'une cascade, avec un paysage au revers. L'autre, petite, porte en incrustation un voyageur sous la pluie.

142 — TROIS GARDES en bronze. Incrustations d'arbres, de plantes et de fleurs.

FOUTSHI-KASHIRA

143 — Foutshi-Kashira en shibuitshi. Le kashira porte une figure de personnage d'une belle ciselure. Sur le foutshi, la main géante de ce personnage saisit du bout des doigts une barque, qui porte un guerrier en posture de combat.

144 — Foutshi-Kashira en shakoudo incrusté de libellules en bronze rouge, dont les ailes sont nervées d'or et les yeux incrustés en nacre.

145 — Kashira en fer, représentant une conque enveloppée d'un filet dont les mailles sont traitées en fil d'or.

146 — Quatre Kashira ciselés et incrustés, à sujets de personnages.

147 — Cinq Kashira ciselés et incrustés. Poissons, langoustes, fleurs, etc.

OBJETS EN MÉTAL

148 — Statuette d'un guerrier chinois en fer ciselé et incrusté. Personnage à longue barbe, une main levée vers le front, l'autre tenant une lance. Les vêtements sont richement décorés d'incrustations en or. La ciselure est d'une belle exécution et l'allure d'une grande noblesse. Socle bois.

149 — Théière en fer. Trois cartouches en forme d'éventail et d'écrans sont incrustés en or de branches fleuries, ainsi que l'anse et le couvercle, dont le bouton est en argent. Socle bois.

150 — Coupe rituelle en bronze chinois, avec anse et bec, ce dernier formé d'une tête de dragon. Au pourtour, huit statuettes de divinités sont réparties, leurs têtes dépassant le bord. Pièce d'un grand caractère archaïque.

151 — Très belle statuette équestre, en bronze. Philosophe monté sur un mulet. Le harnachement et les vêtements sont ornés de gravures.

Haut., 56 cent.

152 — Tortue en bronze, cire perdue d'une belle exécution.

153 — Rat en bronze, rongeant un fruit qu'il tient dans ses pattes de devant.

154 — Trois pièces. Écritoire portative en bronze. Pose-pinceaux en bronze, orné d'une chimère qui se hisse sur le bord. Petite boîte à parfums en argent doublé d'or.

155 — Petite Pagode en shakoudo gravé de rinceaux, l'intérieur doublé d'or : une divinité en bois y est renfermée.

156 — Trois Appliques en or représentant Foukourokoudjiu sur sa tortue et deux autres divinités debout.

157 — Trois pièces. Applique formée d'une petite grenouille en shibuitshi. Manche de Kodzuka, portant en fine gravure le philosophe qui lave ses oreilles à la cascade. Coulant en forme d'un petit diable portant un sac.

USTENSILES DE FUMEUR

158 — Garniture de fumeur, comprenant : la pipe en argent incrusté de plantes marines ; le porte-pipe, imitant un vieux débris de bois pourri au fond de l'eau, avec incrustations, en métaux ou faïence, d'une tortue, d'une pieuvre et d'un coquillage ; la poche à tabac en cuir gravé de rinceaux, avec un fermoir formé d'un bout de sabre en argent qui représente un masque de diable d'une très belle exécution. Le coulant de la cordelière est formé d'une pieuvre.

159 — Garniture de fumeur, comprenant : la pipe, en cuivre argenté avec incrustations ; l'étui et la poche à tabac en cuir, cette dernière avec un fermoir représentant un singe et un bouton d'ivoire sertissant une plaque gravée d'un personnage houspillé par un enfant.

160-161 — Deux pipes. L'une en argent, avec tuyau de bambou, décorée en reliefs de métaux d'une poursuite de chimères parmi les rochers. L'autre, toute en argent, incrustée de divers motifs de fleurettes

162 — Pipe en argent, avec des reliefs incrustés de personnages en divers métaux.

163 — Deux Étuis a pipe en bois noir. L'un, incrusté en argent d'une déesse debout sur un crapaud gigantesque. L'autre, gravé et incrusté du sennin avec le dragon.

164 — Étui a pipe en laque, incrusté de trois médaillons d'ivoire à sujets différents.

165 — Étui a pipe, portant une garde et un kodzuka en relief de laque.

166 — Étui a pipe en bronze gravé et incrusté de lotus.

167 — Étui a pipe en ivoire sculpté du sennin au dragon. Il contient une très jolie pipe décorée de médaillons gravés.

LAQUES

168 — Porte-Sabre en bois naturel, avec deux tiroirs et armatures de bronze ciselé en rinceaux à jour.

La table de cet objet est en laque, ornée de deux tortues d'un magnifique travail.

169 — Écritoire à somptueux décor de laque d'or en relief sur fond d'aventurine. Un pont sur une rivière, avec des rochers et des cerisiers fleuris.

A l'intérieur, décor analogue, avec des lointains de paysage. Le porte-bâton d'encre, en laque d'or et aventurine, est monté en argent gravé, et le godet est en argent, formé de deux fleurs de prunier.

170 — Plateau rectangulaire à quatre pieds et angles rentrés, en laque noir, chargé en laque d'or d'un décor de flots dont l'écume est en laque d'argent. Au-dessus des flots, le disque de la lune, en argent, qui se replie autour du bord.

171 — Écritoire en laque aventuriné, portant en laque d'or un plant de chrysanthèmes fleuris, et un petit oiseau perché sur une tige de bambou.

A l'intérieur du couvercle, un beau décor d'iris fleuris.

172 — Boite à deux compartiments superposés, et recouvrement. Bois naturel de teinte claire, avec des branches de pin en relief de laque d'or et des branches de prunier incrustées en nacre et burgau. L'intérieur est entièrement recouvert d'une aventurine de très belle qualité.

173 — Écritoire en laque d'aventurine, incrusté de fleurs de cerisier en laques de différentes patines métalliques et en nacre.

A l'intérieur du couvercle, en haut relief, une jardinière qui contient un rocher de bronze et où poussent un pin et un cerisier minuscules.

174 — Plateau carré, à bords courbés en gouttière. Laque noir, orné d'un rocher et de trois palmiers en laque d'or.

175 — Écritoire en bois naturel veiné, avec trois fleurs de paulownia en laque d'or. Sous le couvercle, un corbeau incrusté en relief, de bois sculpté, vole vers une touffe de plantes en laque et en nacre. La pierre à encre est d'une curieuse irrégularité de forme.

176 — Écritoire en forme de rectangle allongé. L'extérieur est orné en relief de laque d'or, d'une branche de prunier dont trois fleurs sont en relief d'étain, les feuilles partie en laque d'or, partie en burgau. Un tiroir contient la pierre à encre, un autre est destiné aux papiers.

177 — Écritoire en laque noir, portant en relief de laque d'or et de couleur deux tambours de formes différentes, une flûte, une biwa et un masque.

Le pourtour est orné de légers motifs sur un nuagé d'aventurine. L'intérieur est entièrement aventuriné, avec, en dessous du couvercle, un arbre chargé de kakis mûrs, en relief de laque d'or.

178 — Écritoire en laque d'aventurine, décorée en laque d'or et de couleur, d'un inro, d'une poche à tabac et d'ustensiles de tshanoyu. A l'intérieur du couvercle, une famille de singes.

179-180 — Écritoire en bois naturel, décoré de deux bandes obliques en marqueterie. Intérieur en laque de Wakassa.

Petit panneau portant un médaillon d'écaille, orné d'une chimère sur un fond de grecques entrelacées.

181 — Couple de Canards mandarins, laqués au naturel, le mâle au repos, le cou replié, et la femelle la tête dressée dans une attitude inquiète. Au revers, la signature de *Ritsuo*.

182 — Groupe de Deux Buveurs soutenant la jarre de saké. Les vêtements des personnages sont en bois sculpté, les chairs en ivoire, la jarre est en laque d'or. C'est une boîte à deux compartiments, dont le couvercle imite une étoffe nouée autour du col et retombant sur la panse. Un dragon en relief de laque d'or s'enroule autour.

183 — Pot a Thé en laque d'or et d'aventurine, à décor de paysage. L'intérieur est finement pailleté d'or.

184 — Petite Boite carrée à trois compartiments superposés. Au pourtour, un décor d'herbes et d'ondes, qui se répète sur le couvercle, avec deux petits crabes en relief de métal.

185 — Boite rectangulaire en laque noir nuagé d'aventurine, avec un décor de fleurettes et de papillons. Intérieur aventuriné.

186 — Boite carrée en toile laquée de rouge et recouverte de deux parties de laque d'or. Le couvercle est orné de fleurettes au-dessus d'un ruisseau.

187 — Boite rectangulaire à angles et bords arrondis, sertie d'étain. Laque d'or incrusté de chrysanthèmes en burgau. Intérieur aventuriné, avec chrysanthèmes en laque usé. Longue inscription en laque d'or sous la boite.

188 — Boite carrée à angles arrondis, paysage en laque d'or sur fond d'aventurine; intérieur aventurine.

189 — Petite Boite sphérique en bois naturel d'un beau ton rougeâtre, avec un décor de feuilles de vigne en laque d'or.

190 — Boite ronde et plate. Sur fond pailleté d'or, un plant de chrysanthème fleurit derrière des claies. Intérieur aventurine.

191 — Boite carrée montée sur quatre petits pieds imitant un jeu de go, à travers le lacis duquel on voit des veines de bois en laque usé; des rinceaux au pourtour. Intérieur finement aventuriné.

192 — Boite ronde et plate en bois naturel verni, de ton jaune. Un grillon en laque d'or est sur le couvercle, dont le dessous est orné de quelques brins d'herbes en laque d'or.

193 — Petite Boite à recouvrement à angles et bords arrondis, avec un petit plateau à l'intérieur. Laque gris orné de chrysanthèmes et d'autres fleurs, avec des papillons.

194 — Petite Boite plate, à bords arrondis. Laque noir orné d'un semis de fleurs de cerisiers, en laque d'or de différents tons, avec une bande de laque d'or imitant une bande d'étoffe. Intérieur aventuriné.

195 — Porte-Cartes en bois naturel clair, peint de sujets d'oiseaux, de paysages et de fleurs.

196 — Inro à cinq cases en laque d'or décoré en léger relief d'un paysage montagneux, où passent des paysans avec un bœuf.

197 — Inro à deux cases aux angles arrondis. Laque noir. D'un côté, une vache debout, en léger relief de laque noir, de l'autre côté une vache couchée, en laque d'or.

Netsuké lenticulaire en laque d'aventurine avec des coquillages incrustés.

198 — Inro à quatre cases en laque d'or. Deux cavaliers galopant dans la campagne.

199 — Inro à quatre cases en laque noir, décoré en laque d'or et de couleur. Un cavalier lève son sabre contre un seigneur à pied, qui cherche à parer le coup avec un écran qu'il tient à la main.

200 — Inro en laque noir décoré de laque d'or et noir en relief. Un paysan cherche à maîtriser un taureau, qu'il tient au bout d'une corde.

201 — Inro en laque d'or décoré, en laque polychrome, de nombreux singes occupés à divers jeux.

202 — Inro à quatre cases. Or pailleté sur lequel s'enlèvent deux pigeons, l'un en laque noir et gris, l'autre en laque d'or. Sur l'autre face, un tronc d'arbre en laque d'or

203 — Inro en bois naturel sculpté, en partie recouvert en laque d'or, sur une face, du sennin Gama avec son crapaud, sur l'autre face du sennin dont l'haleine exhalait un petit pèlerin.

204 — Inro décoré en laque peint sur fond d'or d'un cerf, d'un singe et d'une chauve-souris.

205 — Inro en bois naturel, sculpté d'un paysage où l'on voit des habitations et de nombreux personnages incrustés en burgau et corail.

206 — Inro décoré en relief de laque d'or sur fond d'or d'un tronc de prunier fleuri, avec deux petits oiseaux incrustés en or.

207 — Inro en laque d'or, décoré sur une face de la barque des dieux du Bonheur, et sur l'autre de trois grues en laque de différents tons.

BOIS SCULPTÉS

208 — Porte-Bouquet formé d'un tronçon de bambou, imitant une feuille de lotus liée en sac par une corde. De nombreux crabes et des joncs en laque sont disséminés sur l'objet.

209 — Panneau en bois sculpté, laqué et incrusté d'ivoire et de diverses matières, représentant les Sages dans la forêt de bambous.

Larg., 72 cent.; haut., 51 cent.

210 — Panneau en bois, incrusté en bois et ivoire d'un paysan assis, qui contemple la lune, incrustée en burgau.

Larg., 65 cent.; haut., 47 cent.

211-212 — Deux Cabinets chinois en bois de fer, avec portes et tiroirs, richement incrustés de motifs floraux, en jade et autres pierres dures. Garnitures de métal gravé.

Haut., 59 cent.; larg., 35 cent.; profondeur, 17 cent.

213 — Trois petites pièces. Chimère. Manche de Kodzuka, sculpté d'un personnage à demi caché derrière le tronc d'un pin. Koro hexagonal en bambou sculpté, avec un singe debout, les mains appuyées sur l'objet. Couvercle en argent ajouré d'une armoirie.

214 — Deux pièces. Petit koro formé d'un tronçon de bambou, incrusté de fourmis en bronze. Couvercle en bois noir, imitant un vieux morceau de bois, où court une fourmi de bronze. Signature : *Gamboun*. Étui imitant le cuir cousu, avec incrustation d'une boîte en laque et d'une fleur en faïence.

215 — Netsuké en bois peint, représentant un personnage devant lequel un enfant est debout.

216 — Netsuké en bois peint, représentant un personnage qui frappe sur un soulier.

217 — Deux Netsuké. Diable déguisé en prêtre et frappant sur un tambour. Deux dragons accolés, posés sur une chimère et supportant une coupe sur leur tête.

218 — Deux Netsuké. Tête de chimère à mâchoire articulée. Deux diablotins dans une feuille de lotus.

219 — Deux Netsuké. Chimère. Trois musiciens ambulants.

220 — Deux Netsuké. Coquillages. Personnage qui essaye d'ouvrir un gros bivalve (bois laqué).

221 — Deux Netsuké. Danseur, un masque d'ivoire sur la figure. Enfant en ivoire, qui joue de la flûte, assis sur un bœuf couché.

222 — Deux Boutons. Bois incrusté d'une hache et de feuilles de vigne en diverses matières. Bois laqué, enchâssant un bouton de métal où l'on voit ciselé Foukourokoudjiu et son cerf.

IVOIRE

223 — Netsuké représentant un prêtre qui tient à la main un marteau et un écran en forme de palme.

224 — Deux Netsuké. Chien couché. Trois personnages accroupis.

225 — Deux Netsuké. Tigre. Chien rongeant une corde.

226 — Deux Netsuké. Coquillages. Fruits.

227 — Deux Netsuké. Grenouille debout, portant une feuille de lotus. Coquillages sur les méandres d'un ruisseau.

228 — Deux Netsuké. Singe couché. Crapaud sur un coquillage.

229 — Deux Netsuké. Tigre. Tigresse avec ses trois petits.

230 — Deux Netsuké. Diable couché sur une feuille de lotus, sous laquelle est un poisson qu'il a pris à la ligne. Sennin chevauchant une carpe dans les flots.

231 — Deux Netsuké. Poisson séché. Rats installés dans un vieux parapluie.

232 — Deux Netsuké. Personnage liant un sac. Bateleur tenant un singe en laisse.

233 — Deux Netsuké. Hotei accroupi contre son sac, un écran à la main. Escargot sur une feuille de lotus.

234 — Deux Netsuké. Personnage tenant le couvercle d'une boîte qu'il vient d'ouvrir. Charron réparant une roue.

235 — Deux Netsuké. Un philosophe à cheval lit un rouleau d'écritures, tandis qu'un piéton a ramassé une de ses chaussures et la lui présente. Trois enfants jouent et battent du tambour.

236 — Deux Netsuké. Tigre rongeant une pousse de bambou. Amas de divers objets d'ameublement et de tsha noyu.

237 — Deux Netsuké et un Cachet. Personnage debout. Deux chimères jouant avec la perle sacrée. Le cachet est formé d'un Foukourokoudjiu sur son cerf, dont le dessous porte gravés les caractères du cachet.

238 — Deux Netsuké. Coupe au bord cerclé d'or, dans laquelle quatre petits personnages sont autour d'un repas servi. Écureuil parmi des fleurs et des fruits.

239 — Six Boutons de métal gravé et incrusté, enchâssés en ivoire, sujets divers.

240 — Deux Okimono représentant, l'un un sennin assis sur un rocher avec un enfant près de lui, et l'autre le Shôki caché derrière un écran et guettant trois diablotins, auxquels il a tendu un piège.

241 — Boite ovale, formée en dessous d'un masque d'homme et en dessus d'un masque de femme.

242 — Trois petits Masques, dont deux représentent le visage réjoui d'Okamé, le troisième est une figure d'homme irrité.

243 — Tout petit Cabinet décoré de feuilles de vigne en laque d'or. A l'intérieur, trois petits tiroirs. Garnitures en argent.

244 — Petite Boite à trois compartiments superposés, décorée d'un paysage et de fleurs en laque d'or. Sur le couvercle est incrusté en relief un porte-bouquet contenant des fleurs. Petite cordelière de soie rouge pour assujettir le couvercle.

245 — Deux Pièces. Cage à mouches en ivoire ajouré sur un petit socle de laque. Petite boîte rectangulaire et plate qui en contient deux autres sur un plateau. Décor d'armoiries en laque et métaux.

246 — Kanamono, composé de cinq personnages grimaçants, sur un petit panneau de bois.

JADES

247 — Porte-Bouquet en jade blanc, représentant une plante à larges feuilles où courent des araignées. Socle bois.

248-249 — Deux Pièces. Étui de jade blanc, en forme d'urne, sculpté de branches fleuries.

Chimère couchée, en jade blanc.

250 — Trois petites Tasses en jade vert marbré.

251 — Trois autres, en jade vert, de tailles différentes.

PEINTURES

252 — Grand Paravent à deux feuilles, peint sur papier d'un sujet qui représente trois grues au bord d'une rizière.

Haut., 1 m. 75; larg. totale, 1 m. 90.

253 — Kakemono, représentant un faucon perché sur une branche de pin. Cachet : *Oguri Sotan*.

254 — Kakemono, représentant une carpe dans l'eau.

255 — Paire de Kakemono, représentant chacun deux cailles sous une plante. Dans l'une des deux peintures, on aperçoit un autre oiseau, tout blanc. Signature : *Tosa Mitsunari*.

256 — Kakemono : Vue du Fouji. Formant garniture avec la paire qui précède, même signature.

257 — Kakemono, représentant un faucon, vu de face, sur son perchoir.

258 — Kakemono. Écureuil sur une branche de pin.

TABLEAUX

ET

OBJETS D'ART

Appartenant à MM. D...

TABLEAUX

ABBEMA

(LOUISE)

259 — *Les Falaises.*

Toile. Haut., 40 cent.; larg., 31 cent.

BILLET

(P.)

260 — *Femmes portant du bois.*

Paysage.

Toile. Haut., 45 cent.; larg., 61 cent.

BILLET

(P.)

261 — *Bûcheronnes dans la forêt du Touquet.*

Signé à droite.

Toile. Haut., 45 cent.; larg., 39 cent.

262 — *Sous les Pins du Touquet.*

Toile. Haut., 60 cent.; larg., 45 cent.

263 — *Les Pins. Effet d'automne.*

Signé à gauche.

Toile. Haut., 61 cent.; larg., 37 cent.

264 — *La Gardeuse d'oies.*

Signé à gauche.

Toile. Haut., 61 cent.; larg., 38 cent.

265 — *Dans les Ajoncs.*

Signé à gauche.

Toile. Haut., 38 cent.; larg., 54 cent.

BOLDINI

266 — *Jeune Femme Louis XV.*

Signé.

BOURGOIN

267 — *Aquarelle.*

Signé à droite.

CABAT

(L.)

268 — *Deux Dessins.*

Signé.

CLAUDE

(MAX)

269 — *Amazone.*

Signé.

DESGOFFES

(BLAISE)

270 — *Nature morte et Armures.*

Signé à droite.

Toile. Haut., 92 cent.; larg., 66 cent.

DIAZ

271 — *Intérieur.*

Signé à gauche.

Toile. Haut., 31 cent.; larg., 23 cent.

DUMOULIN

272 — *La Mer à Osnoku.*

Signé à gauche.

Toile. Haut., 98 cent.; larg., 73 cent.

DUPRÉ

(J.)

273 — *Étude de chêne. Paysage.*

Dessin.

Signé à gauche des monogrammes : *J. D.*

Haut., 102 cent.; larg., 105 cent.

274 — *Paturages.*

Dessin.

EDELFELT

(J.)

275 — *Barque de plaisance.* 80

Signé à droite.

Toile. Haut., 45 cent.; larg., 86 cent.

FRANÇAIS

276 — *Offrande à Cérès.* 1450

Signé. Petit

GRIVOZ

277 — *Chat et Cygne.* 35

Aquarelle, forme éventail.

Signé à droite.

ISABEY

278 — *Étude.*

JACQUEMIN

279 — *Ophélie.*

Pastel.

Signé à droite.

Haut., 98 cent.; larg., 77 cent.

LA LYRE

280 — *Femme nue.*

LAZERGES

(HIPPOLYTE)

281 — *Arabe.*

Signé à droite.

Bois. Haut., 10 cent.; larg., 15 cent.

LAZERGES

(P.)

282 — *Une Voie romaine en Kabylie.*

Signé.

MATHON

(E.)

283 — *Vue de Villefranche, près de Nice.*

Signé à droite.

Toile. Haut., 160 cent.; larg., 45 cent.

PICARD

(G.)

284 — *Deux Dessins.*

Signé à gauche.

ROTH

285 — *Tête de Femme.* 260

SISLEY

286 — *Jardins.* 650 Montaignac

Signé à droite.

Toile. Haut., 66 cent.; larg., 45 cent.

287 — *Les Oies.* 101

Pastel.

Haut., 30 cent.; larg., 23 cent.

STEVENS

(ALFRED)

288 — *Sur la Terrasse, à Monte-Carlo.*

Signé à gauche.

Toile. Haut., 82 cent.; larg., 69 cent.

289 — *La Petite fille au canard.*

Signé.

THAULOW

290 — *Maison de Campagne.* 100

OBJETS D'ART

291 — Petit buste de petit garçon, en marbre blanc.

Haut., 45 cent.

292 — Buste de femme en marbre blanc, coiffée d'un turban.

Haut., 68 cent.

293 — Deux statuettes en bronze : seigneur et dame Louis XIII, sur socles dorés et pieds en bois de fer sculpté.

Haut., 88 cent.

294 — Deux assiettes en faïence de Delft, décor en bleu, représentant des personnages dans des paysages, ornées d'armoiries et des monogrammes : *S. B.*

Diam., 25 cent.

295 — Deux grands plats en ancienne faïence de Delft, décor aux paons et fleurs. Bordure à contours.

Diam., 34 cent.

296 — Plat creux et rond en ancienne faïence de Delft, décor à fleurs, fruits et feuillages.

Diam., 35 cent.

297 — Coupe creuse et ronde en ancienne faïence de Rhodes, représentant une dame au milieu d'entrelacs fleuris.

Diam., 28 cent.

298 — Quatre assiettes creuses en porcelaine de Chine, décor à personnages, bordure saumonnée à médaillons à petits personnages et canards.

Diam., 22 cent.

299 — Assiette octogonale en porcelaine de Chine, famille des Indes, décor représentant une dame noble au milieu de ses servantes.

Diam., 21 cent.

Paris. — Imp. Georges Petit, 12, rue Godot-de-Mauroi. — 1808-95.

www.ingramcontent.com/pod-product-compliance
Ingram Content Group UK Ltd.
Pitfield, Milton Keynes, MK11 3LW, UK
UKHW021311190726
13839UKWH00007B/1169

9 782329 445977